JUMIKO

1st エッセイ集
JUMIKOからのお守りことば
～こころを照らす〝ことばたち〟～

はじめに

エッセイ集を手にとっていただき、ありがとうございます。
私のエッセイ集が目にとまり、手にとったというご縁は、
あなたの守護神が背中を押し、
あなたに何かを伝えているということです。
そして、自分のものとして読み始めた時点から、
新たな人生の出発です。

このエッセイ集は、私の愛に救われた方々からの
強い願いにより実現しました。
エッセイ集というかたちで皆さまのお守りとなり、
お役に立てるよう息を吹きこみました。
どうか、心穏やかに、豊かな人生を送れますように、
心よりお祈り申し上げます。

by JUMIKO

人生のスタートラインはどこからでも引けます。
消せない過去を眺めるより、
夢や希望が膨らむ未来へ一歩踏み出すこと。
それが一番の近道です。
邁進のみ。

優しい時間は必要です。
はたから見ると止まっているように思えても、
自分にとって心地良ければ良いのです。
人生は長旅。
静と動のバランスを楽しむのも大事。

雨の日は気分が落ちます。
少し見方を変えてみるのも大事。
天の恵みにより大地が潤い、草木、動物が喜び、
また我々人間も水を口にすることが出来る。
目の前の小さな幸せを感じてみると
不思議と優しい時間の流れになりますよ。

夢は叶えるもの。
どんなカタチでも必ず実現できるよう
今を生かされています。
手を取り合い助け支え合い。
夢を乗せた船の舵取りはあなたです。

果てしなく続く空。
地球のどこにいてもこの空と繋がっています。
置かれている環境は皆それぞれです。
田舎だから都会だからという価値観より
全てのご縁に感謝して
今日も一日を全うする心を忘れずに。
一日一生です。

　　　焦らずに一歩一歩が大事です。
　　気がつくと自分にしか残すことの出来ない
　　　　美しい足跡を目にします。
　　人生はただ生きるよりも、どう生きるかが大事。
　　　　次の世代への道しるべとして。

　　　　　五月は厄月です。
　　こういう月はまさに「見ざる聞かざる言わざる」です。
　　　時の流れに身を任せることが大事です。
　　　　　　心綺麗に。

人には生まれの星があります。
自分にしか成せない事があります。
そこに気づくまでは楽な方へつい逃げがちです。
観念し腰を据えた時に新たな域の扉が開きます。
人生の主役は自分です。
正反対の脇役は自分を完全なものにしてくれます。
信念を貫いて。

「今日も一日ありがとう」と
素直に言えることでまた新たな一日を迎えられます。
明日が来るのではなく明日を迎えて下さい。

手を合わせる心を忘れないで下さい。
自分が生まれるとき、家族は手を合わせ無事を祈りました。
また自分が天に還るとき、家族は感謝し手を合わせます。
日本が持つ優しく美しい文化です。

　　　気分が優れない時は生活に差し色を入れてみて下さい。
青、赤、黄、白、緑など色には全て意味があり、力が宿っています。
　　　　パッと目に止まる色があなたに必要な色。
　　　　服や靴、インテリア、文房具、生け花など
　　　　　色を楽しめるものが沢山あります。
　　　　　　　彩りある人生を。

「ごめんね」「ありがとう」と子どもの頃は素直です。
大人になると知恵がつき物事を複雑にしてしまいます。
人はみな神の子です。
親はいつも見守っており
素直になれるチャンスを与えてくれています。
目を見て伝えるのが大事。

　なぜ自分だけ…と辛い出来事が続く時、
それは雲一つ抜けるチャンスでもあります。
　　　　矛先は常に自分です。
　　自分に何が足りていないのか、
　何をするべきなのかと問うて下さい。
そこに気づけた時、見える世界が明るく広がります。

　　何もないところから一つ一つ組み立て
　　カタチにしていくには努力と忍耐が必要です。
　　ただ、それだけでは限界が来るからこそ、
　　ユーモアや笑いを交えて楽しむことも大事です。
　四角も良いですが時には丸く、おバカになってみては。
　　　目に見えることを素直に喜び笑い楽しむ、
　　その先に「ありがとう」の感謝が待っています。

　　　　人はそれぞれ個性があり役割があります。
　　　　　表に出る役、裏で支える役。
　　　表に出る者は脚光を浴びますがリスクも伴います。
　　また裏で支える者は安定感はありますが脚光は浴びません。
　　　　　　お互いのバランスが大事です。

　　　生まれる命もあれば天に還る命もあります。
　　天から見ると、人の命も花の命のように短きものでしょう。
　　　　二度とない我が人生を謳歌して下さい。
　　　　　　　生きたもん勝ちです。
　　　　　　あなたの人生に幸あれ。

会食など人に会う時のお洒落は相手への尊敬の意と言えます。
またお洒落を意識することで自信にもつながります。
男性らしく、女性らしく、自分らしく。
お洒落は魔法です。

近道、寄り道、回り道。
どの道にも意味があり道の歩み（経験）は全て宝となります。
大事なのは、どこに向かうかです。

髪は生命が宿り霊力があるとされます。
良い力も悪い力も宿るものです。
気分がスッキリしない時は毛先を揃えるだけでも
お祓いになり、リセットできますよ。

　　今、何をすべきか、何をしなければならないか、
　冷静に悟れる自分が大事です。悟れるまで旅は続きます。
天に感謝し、親に仕え、兄弟姉妹の仲睦まじく、夫婦和らぎ、
　　　　　世のため人のため善事をなす。
　　　　　　近道をいただきますよ。

　　　　幼い頃は清らかな心で沢山の夢を抱き
　　　　　自分の未来をイメージしていました。
　　大人になるにつれ、知恵が付き、嘘も覚え、楽な方へと、
　　　　　　時として心がくすんでしまう事も。
　　ダメな自分だな…と思っても今のあなたが全てです。
　　　　　　　皆に祝福され誕生した命、
　　　　　　命ある限りなんでも出来ます。
　どんな小さなものでも、夢は常に持ち続けて下さいね。

　　天を信じ、家族・仲間を信じ、己を信じる。
　常に修行のこの道（人生）、努力を怠ることなく邁進のみ。
　　　　　　念ずれば花開く。

日本の良き文化の一つに礼儀作法があります。
お辞儀もその一つです。
神仏をはじめ相手に対しての深い感謝や歓迎を表します。
心を落ちつかせお辞儀をする姿はとても美しく品格が現れます。
お詫びや謝罪のお辞儀も大切ですが、
「ありがとう」「おかげさまです」など
更に美しく表現できるお辞儀を普段から意識されると
磨きがかかります。
親しき仲にも礼儀あり。

道（人生）に迷ったら休息を取るのも大事です。
焦る必要はありません。
季節がいくつ過ぎても大丈夫。
自分はどこから来て、どこへ向かうのかを確認する大事な時。
お天道様が顔を出したら自然と心が動き体はついていきます。
栄養補給（愛）を忘れずに。
いつもそばで見守っています。

今を生きるその姿こそが命の輝きです。
人にどう見られているかを気にせずに
自分がどうあるかが大事です。
失敗を恐れず一つ一つの経験を喜びに変え歩まれてみては。
経験は宝です。

　　　日本は言霊の力によって幸せがもたらされる国
　　　　「言霊の幸ふ国」とされています。
　　　　言葉には力（魂、霊力）が宿ります。
　　　　　　言葉は生きています。
　　　　人の悪口ばかり言うのではなく、
　　　　良いところを見つけ褒めてあげる。
食事の時には「おいしい！」仕事で疲れたら「今日も頑張った！」
　　　　誰に対しても「ありがとう！」など
　　プラスな言葉を声に出すことで良い氣が流れます。
　　そこに信じる心が重なると更に良い力が加わります。
　　　　　　午九（上手く）行く。

人生にはどうにもならない時があります。
そういう時は少しおバカに「なるようにしかならない」と
受け流すことも大事です。
必ず流れが変わります。
次、吹く風をイメージして前向きに。

いつもそばで見守り支えてくれる人がいることを
忘れないで下さい。
その愛は今までもこれからも変わりません。
もし、その愛に気付かぬふりをする自分がいる時は
そっと心の中で呟けば良いのです。「ありがとう」と。
想いは必ず届きます。
大丈夫、一人ではない。

葡萄は子孫繁栄を意味します。
御国のために散った命があるように、
生きたくとも生きれぬ時代がありました。
先人たちの残してくれた宝を大切に、
今の自分に何が出来るかを見つめ直す。
小さな事でも一つ一つが集まれば大きな房となります。

一番簡単にできる人助けは笑顔での挨拶を心がけることです。
あなたが笑顔で挨拶をすると相手の心が和みます。
心が和むと人に優しくできます。
どんな時でも、どんな相手でも、笑顔を忘れずにです。
その輪が平和へとつながります。
あなたの笑顔はとても素敵です。

　　決断に迷った時は、白紙に戻すことも大事です。
　　　　すぐに答えを出してはいけません。
　　迷った時こそ「待ちなさい」と教えてくれている証。
　　　もう一度、更にもう一度、自分へ問いかけてみては。
　時間がかかっても良し、納得できる一歩を大切にされて下さい。
　　　　　　あなたなら大丈夫。

　　　花束は人生の節目にふさわしく、一瞬で歩んできた道を照らします。
　　　　　　天は常に見ています。周囲も黙って見ています。
　　　　　　立派な御託を並べてもすぐに見抜かれます。
　　　　　人に優しく、自分に厳しく謙虚に驕らずです。
　　　　そこに気づけた時、思いがけない愛あふれる花束が、
　　　　　　　あなたを包み込むのでしょうね。

あなたはよく頑張っています。
子育て中のあなたも、仕事に追われるあなたも、進路に迷うあなたも、
先が見えないあなたも、、、みんなよく頑張っています。
ただ人は皆、心があります。
時として、事が上手くいかないと腹を立て、つい周りの人にあたったり、
悔しくて悔しくて納得いかず涙が止まらなかったり、
他人が羨ましくて妬んだり、またそんな自分が嫌で
自信を無くしてしまったりと。
完璧な人間なんておりません。
この世は長旅で試練も多いですが、
ありのままの自分を大切に、努力も忘れずに。
決して自分を痛めつけることなく愛してあげて下さい。
雨が降った後には虹がかかります。
今の自分で泣き笑え。

雨が降れば傘をさし歩むのは当たり前のこと。
ですが、時には足を止め雨宿りも良いものです。
向こうに見える晴れ間を眺め、雨雲の流れと風をよみ、
雨音をじっと聞く、すると歩み出すタイミングが見えてくるはずです。
普段、仕事や子育て、勉強や習い事に追われる日々では、
つい視野が狭まり目先の事だけにとらわれてしまいます。
気がつくと、そのまま一日を終え、いつの間にか時は流れていきます。
3年後、5年後をイメージし先をよむ。
今何をするべきか、何を優先すべきかと、
流されずに判断する強さも大事です。
今は得がなくとも必ず先で結果が出ます。
福は時として忘れた頃にやって来ます。

あなたは今日も生きています。
当たり前に過ごす日々、当然のように呼吸している今、
とても奇跡的なこと。
生きたくとも生きれぬ者がいることを忘れないで下さい。
自分で親を選び母のお腹に飛び込みます。
この世に生を成し産声をあげた瞬間から
あなたの人生はスタートしています。
沢山の家族に祝福された大切な命。
今日もあなたらしく輝いて下さいね。
あなたはとても大切な存在です。

一週間の締めくくり。
嫌な出来事ばかりを振り返らず、頑張れたことや嬉しかったこと、
小さくてもいいので幸せな出来事だけを振り返って下さい。
すると自然と心も明るく道が開けます。
あなたのその素敵な"笑顔"を周囲にも分けてあげて下さいね。
週末のお洒落も忘れずに。
終わり良ければ全て良し。

富士山は日本一高い山です。
一番という響きは良いものですが、
誰にとっての一番かが大事な時もあります。
それに気づけた時、頂上（目標）が見えてくるはずです。
努力は必ず報われます。
己を信じて前向きに。

一生かけて築くもの。
それは天に還る時に分かるのでしょうね。
短い命、長い命、お神様にしか分からない命の時間。
無駄一つない時の流れを大切に、大切に、生きて下さい。
辛く苦しいのも、有難く涙するのも生きている証です。
命ある限りなんでも出来ます。
心配しなくとも大丈夫。

スキンシップは大事です。
親子、恋人、夫婦、そっと手を握る、
また軽く背中をさするだけでも優しいぬくもりが伝わります。
時として言葉は必要ありません。
心が優しく愛に満たされると自然と目を見て思いを伝えたくなるもの。
心が満たされたくば、まずはあなたが愛してあげて下さい。
心に体に手をあて治癒する正に手当てです。

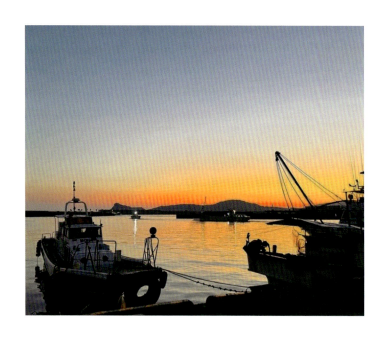

　当たり前のように明日は来ません。今日があるから明日が輝きます。
　今日の喜びに感謝し、反省を明日からの活力に変え強くなる。
生きるのに無駄なんて一つもありません。
頑張るには限界があるからこそ、
時には流れに任せるも良し。ただ笑うも良し。
反面、決める時は信念をぶらさずにひたすらに突き進む。
大丈夫。
人生は楽しむものです。

　人の力だけではどうにもならぬ時があります。人の親は神仏。
七五三で参拝し小さい頃からお力をいただく地域の氏神様をはじめ、
いつも優しく見守って下さる仏様、そして、血をいただくご先祖様。
目の前の壁にぶつかり辛く苦しい時こそ、じっと無になり手を合わせる。
　矛先は他人ではありません。己です。必ず道は開きます。
　決して弱気にならず目の前の一つ一つを丁寧にこなして下さい。
　　　　　お試し下さることに感謝されて。
　　　　　　ピンチをチャンスにです。

仕事も恋愛も子育ても、ありのままの飾らない自分で向き合って下さい。
誰の顔色も気にせずに自分の心にだけ耳を傾けて。
この世は人間の世界。
つまり人付き合いがベースとなります。
信念を持っていなければつい迷わされてしまいます。
今、自分がどんな表情をしているか鏡に映してみるのも大事。
お顔は心の現れです。
どんな時でもどんな人へも笑顔を忘れずにいて下さいね。
あなたの笑顔は人を幸せにする力があります。

普段の生活の中には小さな幸せが沢山つまっております。
朝のコーヒー1杯もその一つ。
特に師走は世間も忙しく、その慌しさが伝染し合い
自ずと自分までもがセカセカしてしまいます。
そんな時期だからこそ、
ジッと動じずに一年間を振り返る時間が必要です。
沢山のご縁や思い出に感謝されて下さい。
良くない出来事は「ありがとう」と流すこと。
振り返りができまた新たな一歩が踏み出せます。
心穏やかに新たな一歩を。

目の前にいる大切な人(旦那さま、奥さま、子ども、仲間)を
褒めてあげて下さい。
黙っていてもあなたの思いは伝わりません。
温かい言葉、愛を注がれることで人は頑張れるもの。
まずは「ありがとう」からでも。

　　　　　　　常に道は照らされております。
　　　　時として、その明るさが心の状態により眩し過ぎることも。
　　そういう時こそ、片目をつぶって一歩また一歩と前進することも大事。
　　　　　　環境が知らない己の才能を気づかせてくれます。
　　　　　　まだ見ぬ未来を楽しみに今を精一杯生きる。
　　　　　　　あなたには隠れた才能が溢れています。
　　　　　　　　　　大丈夫。自信を持って。

天高く舞う鳥や燦々と輝くお日様からみた人間の世界は
どのように見えるのでしょう。
人間が当たり前に住む世界。人間の力で造り上げたと思う世界。
でも鳥や木、お日様から見れば
「私たちがあなたたちを住まわせてあげてるのよ」と
笑われていたりして。
このような時代だからこそ、人と人ばかりではなく目の前に置かれる
コップ一杯の水や自然の美しさや力に感謝が大事です。
共存から生まれる愛ですね。

どのような状況に立たされても
決して現実から目を逸らさぬことです。
矛先は常に自分。人や環境のせいにしてはいけません。
自分に何が出来るか、何が足りていないか、
足元を見直すことはとても大事です。
人は助けてはくれません。全ての出来事には意味があります。
節分(立春)前だからこそ、じっと知恵をあたため陣を組み直す。
春はそこまで来ています。

口は災いの元。
人はみんな心があります。自分にとって正しいと思うことも
他人からすれば余計なお世話だったり。
信頼関係を築く一つに言葉は用いれられます。
生活環境や心の状態は皆様々です。
だからこそ、何気ない一言でも言葉に温かさをのせ
心からの声かけをされて下さい。
「ごめんなさい」「ありがとう」が素直に言える自分であれ。
言霊が幸せを招きます。

桜舞う春。
桜の花びらのごとく美しく優美に人生を舞って下さい。
同じ天(空)の下、舞うその姿に正解も不正解もありません。
あの時の気持ちを大切に。初心を忘るべからず。

幾つもの時を超えて今があります。
この国を築き上げてきた先人たちは
令和という今の時代を想像できたでしょうか。
それぞれの体に脈々と流れる血、
この命は一生懸命に生きた先人(先祖)たちが残してくれた宝です。
だからこそ、あなたが残した数々の足跡は無駄なんて一つもなく
全てに意味があります。
命ある限り人生の主役を力強く大いに演じて下さい。
所詮、周りは脇役ですから。
大丈夫。

あとがき

　私は、小さい頃から海や山、お日様の下で走り回る天真爛漫な子どもでした。たくさんの光や音に包まれ、風を感じ、亡くなった方の声が聞こえ、不思議な世界に生きておりました。約20年前に、師匠より「あなたは神の子であります。人よりも神格高く生まれてきています。見えて、聞こえて、感じることが出来る者は、30万人に1人」と言われたことが昨日のことのように思われます。

　みんな見えているものだと思っていました。意外かもしれませんが、神仏にはまったく興味がなく、20代も自分一人でこの世は生きていけると過信しており、留学や法人設立など思うがままに生きていました。

　夫と結婚し、新婚旅行から帰ってきた次の日、体を倒されました。左半身が麻痺し、左顔面が引きつり、崩れ、動けなくなり、そのまま病院へ搬送されました。内科、耳鼻科、脳外科すべての病院で診察を受けても異常なし。その頃から小さい頃とは異なる、きれいな光ではなく、ジブリに出てくる"まっくろくろすけ"のような黒い影、また、悪魔のようなささやき声が聞こえ始め、心の安定を保つことが出来ず、精神不安定な状態に陥りました、自傷や自殺を心配した両親は、私を実家に連れ戻し、2階へ隔離しました。

　そろそろ精神科に連れて行こうかという時に、母が後に師匠となる女性の先生のもとへ連れて行きました。師匠は、穏やかな顔で私を祓いました。すると、その御神殿からカタカタ音がし、ドアを開ける音、何かを食べる音もしました。顔も体も元に戻り、師匠から笑顔で「このまま病院へ入院するか、白衣（神仏用の）を着て、人を助けていくか、どちらがよいですか？」と問われました。

　私は、ただただ死にたくない…と、そこから修業が始まりました。夫（桜島出身）も介護・福祉の分野で悟りの域を学んでおり、理解を示し、夫婦ともに師匠のもとにて修業を開始しました。生き行（人の世界で人間として生きていくこと自体が修行という捉え方）で数多くの学びをいただきました。人前に出られるようになるまで10年かかりました。福岡、熊本での生活を経て、地元枕崎に戻り、口コミで県内外、世界へと支え導くご縁が広がり、今に至ります。

　私はオカルト的な助言は好きではありません。ただ、この世に生を受け、生かされていることに感謝、血をいただくご先祖様に感謝、小さい頃から見守ってくださる神々に感謝、そして何より人として生涯を精一杯まっとうする。

　大切にしていることは、"無限の愛"。愛は心が真ん中にある真心、期待もせず、見返りも求めず、ご縁のある方を救っていく。心きれいに品格を落とさず、感謝を忘れず…。

　まだまだ未熟ではありますが、日々精進してまいります。地元の氏人家族を始め、国内外の第一線で活躍する方々、皆様のご多幸を心よりご祈念いたします。

令和6年7月3日　JUMIKO

JUMIKO（岡山 樹実子）

智永院（ちえいん）代表・巫（かんなぎ）
一般社団法人 JUMI Corporation 理事長

鹿児島県出身。介護福祉士の専門学校を卒業し、高齢者介護、地域福祉の現場で介護福祉士として約15年勤務した後、故郷の枕崎市に合同会社を設立。仕事と巫（かんなぎ）を両立し、鹿児島だけでなく、福岡、東京、ニューヨーク、ハワイ、香港など国内外でご縁のある方々を独自のスタイルにて導いている。

1st エッセイ集

JUMIKO からのお守りことば
〜こころを照らす〝ことばたち〟〜

2024年11月2日　初版第1刷発行

著　者　JUMIKO
発行者　谷村勇輔
発行所　ブイツーソリューション
　　　　〒466-0848 名古屋市昭和区長戸町4-40
　　　　TEL：052-799-7391 / FAX：052-799-7984
発売元　星雲社（共同出版社・流通責任出版社）
　　　　〒112-0005 東京都文京区水道1-3-30
　　　　TEL：03-3868-3275 / FAX：03-3868-6588
印刷所　藤原印刷

万一、落丁乱丁のある場合は送料当社負担でお取替えいたします。
ブイツーソリューション宛にお送りください。
©JUMIKO 2024 Printed in Japan ISBN978-4-434-34806-8